UNE

ENFANT DU SACRÉ-COEUR.

UNE

ENFANT DU SACRÉ-CŒUR.

SA VIE, SA MORT.

PAR UN AUMONIER.

In pace in idipsnm dormiam et requiescam.
Ps. 49.

Sur l'oreiller funèbre elle dort sans douleur ;
En fermant sa paupière,
Elle sait que ses yeux se rouvriront ailleurs
Dans des flots de lumière.

Paul RÉGNIER, *Hymnes pieux, XIV.*

PRIX : 50 CENTIMES.

Se vend au profit d'une bonne œuvre.

VALENCE,

TYPOGRAPHIE E. MARC AUREL, IMPRIMEUR DE L'ÉVÊCHÉ.

1861.

APPROBATION.

Nous avons lu avec un vif intérêt l'opuscule intitulé :
Une Enfant du Sacré-Cœur. Cette vie édifiante, écrite avec
onction, peut produire d'heureuses impressions sur le
cœur des jeunes personnes auxquelles elle est spécialement
destinée. Nous la recommandons aux familles chrétiennes
et aux pensionnats religieux.

M^{er} TABARET, *Vicaire-Général.*

Valence, 10 septembre 1861.

AVANT-PROPOS.

L'Église est le jardin des âmes. Sous l'action vivifiante du Soleil de justice, elles croissent et se couvrent de fleurs ; fleurs de pureté virginale et de profonde humilité ; fleurs d'amour enflammé pour Dieu et de douce charité pour le prochain ; fleurs de mortification chrétienne et de sainte patience dans le cercle des devoirs et des épreuves de la vie. Ces belles âmes, la joie et la parure de l'Église, fleurissent, souvent inconnues, dans un coin ignoré de son jardin, comme la violette cachée dans le creux du vallon ; peu de regards les découvrent sous l'humble voile des actions communes, et leurs parfums si doux et si purs ne s'exhalent pas au-delà de l'étroite enceinte qui les renferme. Comme ces fleurs d'un coin privilégié du vallon, que voient éclore avec splendeur les premiers soleils du printemps, leur floraison est quelquefois précoce et magnifique ; elles sourient au ciel, et le ciel leur sourit, et lorsque rien ne manque plus à leur splendeur, Dieu, avant même la fin de leur printemps, se hâte de les cueillir pour les transplanter dans ses jardins d'en-haut.

Ces réflexions nous sont inspirées par la vie d'une jeune fille qu'il nous a été donné de connaître et de diriger, durant son séjour à l'école normale. Elle n'est plus, mais son souvenir vit encore ; il est doux et cher à toutes les personnes qui l'ont connue ; il reste comme un encouragement à la vertu, un parfum d'édification qui embaume et attendrit. Et comme la mort affranchit des convenances délicates dues aux personnes vivantes, on nous pardonnera de produire au grand jour cette fleur jusque-là cachée. Pour les jeunes élèves soumises à la discipline des écoles, pour les associées surtout de la confrérie du Sacré-Cœur, dont elle fut la présidente, c'est un beau modèle ; et tous ceux qui liront ces pages, auront lieu de s'édifier et de bénir la source divine où se fécondèrent ses vertus.

Au moment où nous prenons la plume, plus d'une année s'est écoulée depuis sa mort bienheureuse. Dieu a voulu sans doute que d'incessantes occupations nous aient fait différer jusqu'à ce jour le projet d'écrire sa courte vie ; nous n'écrivons plus sous l'attendrissement que fit naître sa mort si belle et si inattendue ; et comme pour ajouter encore à l'intérêt qu'elle inspire et à notre liberté de parler, Dieu, par un coup récent, vient d'appeler à lui, après la fille, le père ; deux belles âmes, si ressemblantes, dignes l'une de l'autre, unies sur la terre par tous les liens de la nature et de la foi, et maintenant réunies au ciel.

Sa vie a été bien courte : notre récit ne peut être long. Peu de faits, rien de saillant au dehors, mais des vertus intimes, bien assises, inébranlables, qui se trahissent au dehors par l'édifiante régularité des devoirs journaliers et des actions communes, véritable caractère d'une piété solide et éclairée.

Trois époques bien tranchées partageront cette courte existence : premières années, séjour à l'école normale, maladie et mort. Nous suivrons cette division naturelle.

UNE

ENFANT DU SACRÉ-COEUR.

SA VIE, SA MORT.

I.

PREMIÈRES ANNÉES.

Marie R... naquit à C..., petite ville du département de la Drôme, le 6 juin 1841, d'un père et d'une mère éminemment chrétiens. Elle reçut à son baptême le nom de la sainte Mère de Dieu.

Devenue, par le sacrement de la renaissance spirituelle, enfant de Dieu et de la sainte Eglise catholique, elle unit à ce beau titre celui d'enfant de Marie : car, immédiatement après son baptême, ses pieux parents la portèrent sur les autels de la Reine des Anges. Là, toute resplendissante de la grâce de sa renaissance, elle fut revêtue des livrées d'azur de cette auguste Vierge et lui fut consacrée. Combien de fois depuis, dans les effusions de sa tendre piété, n'a-t-elle pas remercié Marie de l'avoir reçue pour enfant, et renouvelé sous ses yeux les doux engagements de cette bienheureuse consécration !

Qui ne voit ici, qui ne sent le bonheur et le charme que verse au sein d'une famille chrétienne la religion de Jésus-Christ! Sans doute, dans une famille simplement honnête, la naissance d'un enfant, et surtout du premier-né, est un grand sujet de joie; car l'enfant, c'est l'image vivante du père et de la mère, c'est le lien qui les attache à la vie, c'est l'aimable distraction du foyer domestique, c'est le rayon de soleil sur les nuages parfois orageux du ciel de l'exil; c'est l'héritier du nom, de l'honneur et de la fortune; c'est la consolation du présent et l'espoir de l'avenir. Mais combien, par les pensées de la foi, ce cercle de bonheur humain se colore et s'agrandit! Ce petit enfant est marqué par l'Eglise d'un invisible et ineffaçable caractère; son âme, régénérée par l'eau sacrée, est blanche et pure; elle rayonne d'une divine splendeur; ce n'est plus seulement un membre de la famille humaine: c'est un enfant de Dieu; il nommera Dieu son Père, Jésus-Christ, son frère, et sa mère, Marie; ce n'est pas seulement l'héritier de la terre, c'est l'héritier du Ciel... Consolantes vérités que le son de la cloche baptismale fait retentir, avec le charme et la puissance qui lui appartiennent, aux oreilles et au cœur d'une mère chrétienne.

Une jeune âme que Dieu vient de créer et d'enfermer, pour un temps, dans sa prison d'argile, est un livre ouvert dont les pages sont toutes blanches encore. Livre vivant et pur, il attend, il appelle une main amie qui vienne y graver, en caractères ineffaçables, l'empreinte des vérités divines pour lesquelles il a été façonné. Cette main amie est celle d'une mère. Une mère est le premier apôtre de son enfant. A elle de former son âme, comme elle a formé son corps; à elle de jeter dans sa jeune intelligence les premières notions de la foi et de la piété; à elle de préparer sur cette terre, vierge encore, par une culture pleine d'amour, par des semences précieuses, les fruits consolants de l'avenir.

Pour réussir dans cet apostolat domestique, tout à la fois si touchant et si nécessaire, Dieu a donné aux mères l'adresse, la patience et l'amour. Ce cœur maternel qui bat sans cesse pour l'enfant que Dieu lui a confié, connaît toutes les tendances de son âme, comme tous les besoins de ses membres naissants ; il sait par quelles voies il faut aller jusqu'au fond de cette âme qui s'éveille à toutes les impressions du dehors. Une mère sait se faire écouter, se faire comprendre ; l'appât d'une récompense, l'attrait d'une douceur, la nouveauté d'un jouet : tout est mis en œuvre pour apprendre une prière, donner une leçon, inculquer un devoir. Heureuses les mères qui comprennent et remplissent cette admirable mission ! Heureux les enfants qui ont de telles mères!

Tel fut le bonheur de la jeune Marie. Sur les genoux de sa pieuse mère, elle apprit à prononcer les noms de Jésus, de Marie, de Joseph, les premiers à enseigner à l'enfance dès son entrée dans la vie ; les derniers à balbutier encore, dans les luttes de la nature défaillante, aux approches de la mort. A ces noms bénis succèdent les premières vérités du catéchisme : Dieu le Père, Jésus son Fils, la Vierge sa Mère, le Saint-Esprit, blanche colombe qui apparut sur la tête du Sauveur au jour de son baptême, et la Crèche du petit enfant Jésus, et la Croix de Jésus Sauveur, et le prêtre ministre de Dieu, pour pardonner et bénir, et la maison où le bon Dieu demeure, et le ciel d'où le bon Dieu nous regarde avec ses anges et où il appelle les enfants sages, et l'enfer où vont les méchants : voilà les douces vérités qui, des lèvres d'une mère pieuse, pénètrent par l'imagination naissante dans la petite intelligence et dans le cœur d'un enfant. Et, chose merveilleuse ! Dieu qui est tout à la fois l'auteur de la nature et l'auteur de la grâce, a voulu que ces augustes vérités, qui sont la lumière de l'âme régénérée et les sources de sa vie surnaturelle, fussent aussi les plus faciles à apprendre. Rien n'entre plus naturellement dans l'âme d'un enfant, rien ne s'harmonise mieux avec la vie de famille, que ces doux et consolants mystères de la sainte humanité du Sauveur.

Dieu, toujours admirable, mais libre dans ses faveurs, ne dispense pas avec la même mesure les dons de la nature et ceux de la grâce. Cette inégale distribution, en rapport avec la différence des vocations, — inégale distribution qui jette une si admirable variété dans le monde des âmes, comme dans le monde des corps et qui est un lien puissant de la vie sociale ici-bas, — prouve autant sa sagesse providentielle que sa féconde libéralité. La petite Marie fut des mieux dotées : une vive intelligence, une mémoire heureuse, une rare bonté de cœur, révélèrent de bonne heure la beauté de son âme. Ses parents en étaient tout à la fois ravis et effrayés, et, au témoignage de son père dont nous avons la lettre sous les yeux, plus d'une fois, après un de ces éclairs d'intelligence qui jaillissent subitement de l'âme d'un enfant précoce, sa bonne mère, sous l'influence d'un triste pressentiment, laissa échapper ce mot trop tôt vérifié : Nous ne la garderons pas !

Ses prières d'enfant furent ferventes. Dès l'âge le plus tendre, elle avait le sentiment de la grandeur de Dieu et du respect qui lui est dû. Elle se tenait pieusement à genoux devant les saintes images de Jésus et de Marie ; elle joignait les mains et baissait les yeux à ravir son ange gardien. Ces saintes pratiques, entretenues par la foi de ses parents, développèrent de jour en jour, dons son âme pure, le sentiment de la piété ; elle baisait avec amour, matin et soir, sa médaille de Marie conçue sans péché ; elle conservait soigneusement les petits objets de religion que lui mérita souvent son application aux leçons de ses bons parents ; elle était douce, attentive, obéissante au-delà de son âge, et, pour rappeler un mot des livres saints, Dieu, dès son aurore, l'avait prévenue des bénédictions de sa douceur.

C'est ainsi qu'elle arriva à l'âge de cinq ans. C'était déjà pour elle l'âge de la raison. Sa bonne mère avait accompli sa première mission ; on crut qu'il était temps pour cette enfant de si belle espérance de recevoir les soins de l'éducation publique, et on la confia aux religieuses du Saint-Sacrement qui dirigent dans la ville un établissement justement apprécié.

Elle y entra en qualité d'externe. Cette position intermédiaire entre l'éducation domestique et l'éducation publique, lui permit de réunir les avantages de l'une et de l'autre, sans en subir les inconvénients. Elle reçut les leçons de ses bonnes maîtresses ; elle conserva les douceurs de la vie de famille.

La première entrée d'un enfant dans une maison d'éducation fait époque dans sa vie ; elle reste dans ses souvenirs ; elle agrandit le cercle encore étroit de ses relations enfantines ; elle imprime un nouvel essor aux facultés de son intelligence et de son cœur ; elle exerce ordinairement sur sa vie entière une puissante influence. Mais quand la religion préside à l'éducation publique ; quand des mains pieuses et dévouées cultivent tout à la fois l'esprit, le cœur, les manières ; quand les devoirs rigoureux de la vigilance journalière sont tempérés par les douceurs d'une sainte et naturelle affection, cette influence tourne tout entière au profit de la vertu et du bonheur. Nous allons le voir.

Pour une nouvelle élève, un pensionnat est un nouveau monde. Inconnue elle-même, elle se trouve vis-à-vis de visages inconnus. Son premier sentiment est celui de la surprise ; le second, celui de la défiance. On se regarde, on s'observe ; on tâche de se connaître ; on cherche à se deviner ; puis on se juge et l'on se classe. Alors naissent tout naturellement les antipathies et les sympathies, ces répulsions ou ces liens qui maîtrisent si vite et si puissamment le cœur des enfants, surtout celui des jeunes filles. De là les premières amitiés, affections mutuelles fondées sur la conformité des caractères, la ressemblance des goûts, la similitude des cœurs ; affections vives et quelquefois dangereuses pour l'innocence, quand la religion ne vient pas les modifier et les épurer.

Jetée au milieu de ce petit monde de nouvelles compagnes, la jeune Marie fut prudente et réservée. Durant les récréations, ce théâtre mobile où se dessinent librement les caractères, où s'épanouissent les sentiments, elle eut bien vite remarqué les deux camps qui se partagent un pensionnat quelconque : le camp de la sagesse et celui de l'étourderie. Elle évita la compagnie des enfants légères et ne se trouvait qu'avec les plus sages ; intelligente et sensée au-dessus de son âge, elle se fit bientôt remarquer par sa modestie et sa régularité.

C'est un grand bonheur pour une enfant, lorsque, au sortir de la maison paternelle, sanctuaire béni qui abrita ses premiers jours, elle entre dans une maison complétement chrétienne, où, par une sage et sainte direction, fleurissent à la fois les études et la piété. A l'enseignement maternel succèdent les leçons et les exemples d'une maîtresse ; entre celle-ci et son élève de fréquents rapports s'établissent ; rapports d'autorité et de soumission : sous cette autorité égale, tout à la fois ferme et maternelle, l'enfant apprend l'obéissance, cette vertu nécessaire qui garde et féconde toutes les autres et sur laquelle repose, comme sur sa base, la société tout entière. Rapports d'enseignement : les leçons de la science tombent plus claires et plus pures des lèvres de la maîtresse dans l'esprit de l'élève ; l'une donne avec amour, l'autre reçoit avec reconnaissance ; c'est la source aux eaux limpides qui arrose et féconde la prairie. Rapports de sollicitude et de confiance : les yeux d'une bonne maîtresse sont comme les yeux d'une mère : ils veillent toujours ; ils voient tout, et l'acte extérieur de l'enfant, et l'intention secrète qui l'inspire, et la trempe de son caractère et la mesure de sa capacité, et les premières tendances de ses passions, et les premiers fruits de ses vertus. Activer la paresse, encourager la bonne volonté, signaler un défaut, développer une aptitude, éclairer la conscience, faire aimer le devoir, prévenir les fautes, récompenser les efforts, profiter de tout pour remonter à Dieu, premier principe et fin dernière de nos œuvres et de notre vie, c'est la mission journalière et sublime de la maîtresse pieuse, c'est son pénible, mais précieux apostolat, son mérite sur la terre, sa couronne au ciel.

C'est sur l'importance de ces leçons d'une digne maîtresse que se mesure la reconnaissance de son élève. Pour l'enfant qui sait apprécier, elle est autant, nous allions dire plus que sa mère, plus que son ange gardien.

La jeune Marie l'avait senti, et sa reconnaissance pour sa bonne maîtresse égala sa confiance et sa docilité.

Cette maîtresse disait à M. R., après la mort de sa chère enfant, que, « dans l'intervalle de dix ans que » Marie avait passés auprès d'elle, jamais elle ne s'était » mise dans le cas d'être grondée sérieusement; que, » croissant en âge, elle croissait à proportion en science » et en piété; qu'elle ne cherchait qu'à s'occuper de » choses utiles ou pieuses; qu'elle ne s'alliait qu'avec ses » compagnes les plus laborieuses, les plus sages; que, » dans ses conversations, elle aimait surtout à parler du » bon Dieu et de la sainte Vierge. »

On peut en croire à ce témoignage.

Ce n'est pas que Marie fût sans défaut; elle était naturellement très-vive, et, lorsqu'on venait à la heurter de front, son premier mouvement était brusque et impétueux. Mais sa vertu réprimait promptement ces saillies de caractère; ce fut l'objet permanent de ses résolutions et de ses efforts, et elle y réussit si bien que, même en face des

contradictions les plus imméritées et des plus pénibles
épreuves, on pourrait la citer comme un modèle de patience et de douceur. Nous le verrons bientôt.

Nous l'avons dit : la jeune enfant était externe. Sa
famille avait son domicile dans la ville même. La petite
Marie y rentrait deux fois par jour, et son bonheur était de
rendre compte à son père et à sa mère de ce qu'elle avait
appris ; puis elle était pleine de prévenances et d'atten-
tions.

A cette époque, M. R. était professeur au collége de la
ville de C., dirigé avec une sollicitude si paternelle et de
si consolants succès par un ecclésiastique aussi modeste
que distingué. Ni le clergé du diocèse, ni les magistrats
de la ville, ni les pères de famille, n'oublieront les bien-
faits et la précieuse influence de cet établissement sur le
bonheur de la jeunesse. Il n'est plus, et pour tous ceux
qui l'ont connu, comme pour les élèves qu'il a formés, son
souvenir est une douceur et un regret. La piété, la
science, l'union, la vie de famille, régnaient là dans toute
leur extension et avec tous leurs charmes. Il a duré trop
peu.

M. R., chargé du cours de langue française, était aussi
bon père de famille que professeur habile et dévoué.
Aimé autant qu'estimé de ses collègues et de ses élèves,
il était, dans sa classe comme au foyer domestique, un bon
père, et, dans sa double famille, un modèle accompli des
vertus chrétiennes. A midi, il s'asseyait à la table de M. le
principal, et sa présence y complétait l'entourage ecclésiastique et laïque du chef bien-aimé de l'établissement.
Mais le soir, il rentrait chez lui et ouvrait ses bras aux
embrassements de ses enfants. De ses deux filles, la
petite Marie était l'aînée ; elle sautait la première au cou
de son père.

Les entretiens roulaient sur les faits de circonstance.
Dans la carrière de l'enseignement, une leçon intéres-

sante, une réponse spirituelle, un trait d'espiéglerie ou
de vertu écolière, un succès obtenu, sont les événe-
ments du jour. La fille en parlait à son père ; le père en
parlait à sa fille, et toujours au profit de la science et de
la vertu. Le bonheur était là avec la tendresse paternelle,
la piété filiale, la religion et le travail.

Le moment était venu pour la jeune enfant de se préparer prochainement au grand jour de sa première communion.

Elle entra en retraite avec cette pensée qui ne la quitta
plus. Recevoir son Sauveur, le Dieu infiniment grand que
l'univers ne peut contenir ; le Dieu infiniment saint qui
choisit pour sa mère une vierge sans tache ; qui, sur la
croix, mourut pour expier et détruire le péché ; le recevoir
dans son petit cœur, dans son cœur pauvre et souillé ; le
recevoir pour la première fois, cette perspective, ce
mystère, ce bonheur, l'occupaient sans cesse. Elle brû-
lait de recevoir un Sauveur si aimable ; elle tremblait de
loger un Dieu si grand ; le désir et la crainte se parta-
geaient son cœur. Heureux les enfants qui, aux approches
de leur première communion, sont pénétrés, comme elle,
de ces pieux sentiments ! Oh ! les prêtres de Jésus-Christ
sont bien rassurés, lorsque dans ces petites âmes dont ils
reçoivent les confidences, ils trouvent cet heureux mé-
lange de respect et d'amour.

La maîtresse de classe, — ange visible chargé de gar-
der et de préparer à la première entrée du Sauveur le
groupe séparé des enfants admises à la première communion, — les surveillait en classe et les conduisait à l'é-
glise. Marie, dans les moments libres, occupait bien son
temps ; dans le trajet, elle était modeste ; elle ne laissait
pas égarer ses regards sur tout ce qui aurait pu les atti-
rer ; on lui avait dit que le recueillement de l'âme ne
s'obtient que par la retenue des yeux ; elle offrait de grand
cœur à Jésus-Christ, qui la regardait passer, cette prati-

que, bien méritoire à son âge, de mortification chrétienne.
Et, parvenue à l'église paroissiale où elle devait entendre
la parole de Dieu , elle trouvait déjà la récompense de ce
sacrifice, dans les sentiments de foi vive et de tendre piété
dont Jésus pénétrait son âme, au pied de ses autels.

On le sait : la grande affaire des enfants qui font la retraite de première communion, c'est, dans les intervalles
des instructions, d'examiner leur conscience et de préparer leur confession générale.

Dans cette recherche qui coûte à la légèreté du jeune
âge, Marie ne négligea rien. Elle profita de tous les sages
conseils qui lui furent donnés et par le prêtre directeur,
et par sa pieuse maîtresse. Elle alla chaque jour s'agenouiller aux pieds de la sainte Vierge pour obtenir sa maternelle assistance, et c'est après toutes ces précautions
précieuses qu'elle entrait dans le confessionnal, pour y
faire, au ministre du Dieu de miséricorde, l'humble et
complet aveu de ses fautes.

Le dernier jour de la retraite arriva ; c'était le jour de
l'absolution.

Le prédicateur fit une instruction touchante pour y
préparer les enfants. La laideur du péché, les plaies
hideuses qu'il fait aux âmes, les trésors de grâce et de
divine beauté qu'il enlève, les châtiments qu'il mérite,
surtout les larmes de sang dont le Sauveur l'a pleuré :
telles furent les considérations qu'il mit sous les yeux,
pour réveiller et agrandir dans leurs jeunes cœurs le sentiment de la contrition. Ce ne sont pas toujours les âmes
les plus coupables en qui ce sentiment surnaturel se ré-
vèle au plus haut degré ; souvent les âmes innocentes qui
ont reçu de Dieu l'inappréciable don d'une foi vive et d'un
cœur aimant, en éprouvent plus puissamment les salutai-
res impressions : elles se traduisent par des soupirs, des
attendrissements, des larmes ; larmes de respect et d'amour,
plus douces au cœur que le sentiment des jouis·

sances coupables ; larmes qui consolent, qui transforment et qui purifient, au point que la grâce de Dieu est déjà descendue dans ce cœur avec le pardon divin, avant que le prêtre ait levé le bras sur leur tête inclinée, pour délier et bénir.

C'est là sans doute ce qui se passa dans le cœur de la pieuse enfant, car aucune de ses plus ferventes compagnes n'eut plus qu'elle des regrets au cœur et des larmes dans les yeux.

Elle alla à son tour recevoir l'absolution, et quand elle entendit le prêtre de Jésus-Christ, après la divine sentence, lui adresser ces paroles : Mon enfant, allez en paix, remerciez le bon Dieu qui vient de vous pardonner, ses larmes de repentir se changèrent en larmes de reconnaissance et d'amour.

Elle remercia Dieu, courut à l'autel de Marie remercier aussi cette bonne Mère du Ciel de la faveur reçue ; puis, quand son action de grâces fut terminée, et au sortir de l'église, elle alla se jeter entre les bras de sa bonne maîtresse qui l'avait aidée à s'y préparer. Sa joie était si vive, son bonheur si doux, qu'il s'épanouissait sur son visage et le transfigurait. Sa maîtresse en a gardé souvenir et, dans la lettre qu'elle a bien voulu nous adresser, en réponse à nos demandes, elle nous signale avec bonheur cette circonstance si intéressante.

C'est, dans nos contrées catholiques, un usage pieux et généralement répandu, que les enfants, la veille de leur première communion, demandent pardon à leurs parents de tous les sujets de tristesse qu'ils peuvent leur avoir causés. La jeune Marie n'avait point, sous ce rapport, de fautes notables à se reprocher, puisque son vertueux père nous écrivait le 12 septembre 1859, quelques jours après la mort de sa chère enfant : « Née avec un carac-
» tère vif, elle nous a néanmoins toujours été soumise ;
» elle évitait soigneusement tout ce qui aurait pu nous

» déplaire et nous attrister. » Cependant elle se jeta aux pieds de son père et de sa mère et leur demanda pardon avec autant d'humilité et de regret que si elle eût été grandement coupable. Le père et la mère, émus et consolés, ajoutèrent leur pardon au pardon de Dieu; ils l'embrassèrent avec tendresse, et Marie, après avoir surabondamment rempli tous ces devoirs de religion et de piété filiale, put attendre avec confiance le bonheur du lendemain.

Un jour de première communion est un jour de fête paroissiale.

La maison de Dieu, ce jour-là, se pare comme aux plus beaux jours de l'année chrétienne. Le zèle et la piété s'ingénient à lui donner de riches décorations. C'est un portique élancé qu'on dresse dans le sanctuaire; ce sont des guirlandes de verdure semées de fleurs qu'on suspend à la voûte et qui tombent en gracieux contours sur l'arc de triomphe; ce sont de blanches couronnes appendues sur la tête des enfants, doux symboles des fleurs d'innocence qui doivent en ce moment embellir leurs jeunes cœurs, ou de ces couronnes célestes que Dieu réserve à leur fidélité. La foi profite à ces pures décorations; elles ont leurs précieux enseignements; elles ajoutent aux charmes du souvenir. Parmi les fidèles de tout âge, qui n'aime à les voir? qui n'aime à se les rappeler? Quand les enfants ont pris leur place sous ces portiques et ces couronnes; quand l'autel étincèle de lumière, quand le saint sacrifice commence avec les prières et les chants, c'est un ravissant spectacle pour la terre et le ciel.

La jeune Marie était là avec sa robe blanche, son voile et sa couronne; elle était là, bien recueillie, pleine de délices et d'espérances; elle allait bientôt recevoir son Dieu... Cette pensée ravissante l'avait préoccupée jusque dans son sommeil. Elle s'était réveillée plus matin qu'à l'ordinaire, et dès l'instant où ses yeux ouverts tombèrent sur sa robe blanche et sa couronne de fleurs, son cœur s'émut et de ses lèvres s'échappèrent ces mots : Mon Dieu ! c'est donc aujourd'hui ! c'est avec cette pensée qu'elle s'était revêtue de ses habits de fête, et qu'elle avait pris le chemin du pensionnat et de l'Église.

La messe de communion commença, l'assistance était nombreuse et recueillie.

Après l'évangile, l'homme de Dieu qui, durant la semaine avait prêché la retraite aux enfants, leur adressa quelques paroles de foi et d'onction. Les sentiments pieux se ranimèrent ; beaucoup de jeunes cœurs soupirèrent de regrets et d'amour ; bien des yeux se mouillèrent de larmes. Ainsi fit la petite Marie.

Les chants reprirent ensuite. Après la parole de Dieu, rien ne va mieux au cœur des enfants que ces cantiques pieux dans leur mélodie et dans leur poésie, consacrés par l'usage pour le jour et le moment de la première communion. Saintement populaires, ils sont connus, ils sont aimés de tout le monde ; chantés par les enfants à la voix pure et au cœur innocent, ils réveillent, dans les fidèles d'un autre âge, de précieux souvenirs et de douces émotions. Nous le savons : ils produisent quelquefois des fruits de salut. Un jour de première communion, après la belle cérémonie dont nous parlons, un étranger vint trouver à la sacristie le prêtre dont la voix avait guidé le chant des enfants. — Monsieur l'abbé, lui dit-il les larmes aux yeux, vous avez chanté un cantique que j'ai entendu le jour de ma première communion. Oh ! comme il m'a touché !... Tenez, Monsieur, confessez-moi, je vous prie ; que je retrouve un peu du bonheur divin de ce beau jour.

Et il se confessa. Le cantique avait été plus éloquent que le sermon.

Le moment solennel était arrivé ; les chants avaient

cessé, les prières étaient faites, le prêtre à l'autel ouvrit le saint tabernacle pour distribuer le pain des anges. Les enfants furent les premiers servis ; ce jour-là c'était leur beau privilége, et Jésus entra pour la première fois dans ces jeunes âmes, toujours si chères à son cœur. Marie fut absorbée dans son recueillement et son bonheur.

A ce bonheur, que la parole humaine ne peut exprimer, il ne manqua rien ; car, plus heureuse que bien d'autres enfants à pareil jour, elle vit son père et sa mère s'agenouiller après elle à la table sainte, pour y recevoir le même Dieu.

Voilà le charme suprême et l'ineffable lien de la famille chrétienne.

Après une préparation si attentive, avec une piété si tendre, est-il besoin de dire que l'action de grâces de l'enfant fut pleine de ferveur ? Marie laissa parler ses larmes, et Jésus inonda son cœur de délices qu'elle ne connaissait pas encore.

Quand l'action de grâces fut terminée, quand les religieuses eurent ramené leurs enfants dans la cour de l'établissement, toutes celles qui avaient reçu Jésus-Christ, coururent se jeter dans les bras de leurs maîtresses. Ainsi fit Marie, puis elle courut embrasser ses parents.

Un jour de première communion est aussi une fête de famille, et dans les familles chrétiennes aucune fête n'est plus douce et plus belle. Après s'être agenouillés ensemble à la table sainte, tous les membres de la famille vont se ranger autour de la table domestique. Mais ce jour-là, la place d'honneur est pour l'enfant qui a fait sa première communion.

Dans une famille aussi pieuse que celle de Marie, la fête fut complète. Le bonheur de cette chère enfant rayonnait autour d'elle ; il se réflétait dans les yeux et sur le visage de ses parents. Dans leur amour agrandi il y avait du respect ; à leurs yeux pleins de foi, elle était l'ange visible de la famille, le tabernacle vivant du Dieu de l'Eucharistie.

Le soir, eut lieu, selon l'usage, la belle cérémonie de la rénovation des vœux du baptême. L'église paroissiale fut aussi pleine que le matin. La voûte sacrée retentit des accents de la voix pure des enfants répétant avec élan les paroles du cantique de rénovation, et, durant ce chant plein de ferveur, tous les enfants, leur cierge à la main, et une main sur l'Évangile, en présence des prêtres du Seigneur et des fidèles réunis, en présence de Dieu et des saints anges de la terre et du ciel, renoncèrent au démon, à ses pompes, à ses œuvres et se consacrèrent à Jésus-Christ pour toujours.

Après cet acte solennel, on fit, non moins solennellement, la consécration à Marie. C'est le beau complément de tous les actes du grand jour ; c'est le besoin d'un jeune cœur qui vient de se donner à Dieu, de se donner aussi à l'auguste Mère de Jésus, Mère des enfants de Dieu. La statue de la Vierge Immaculée fut dressée sur un piédestal décoré de fleurs et de lumière. Le prédicateur se fit entendre une dernière fois ; il parla aux enfants de leur consécration à Marie, comme d'un bonheur de famille, une consolation de leurs jeunes cœurs, un moyen de persévérance, une maternelle et toute-puissante protection, durant la vie et au moment de la mort. Puis l'une des enfants, agenouillée aux pieds de la sainte image, fit à haute voix la pieuse consécration que chaque enfant suivit et répéta dans son cœur. Nous n'avons pu savoir si elle fut prononcée par la petite Marie ; nous serions porté à le croire pour plus d'une raison. Quoi qu'il en soit, elle qui s'appelait du même nom, elle qui dès son baptême, lui avait déjà été consacrée, elle qui l'aimait de tout son cœur, ne fut pas la moins fervente à se donner à cette Mère du ciel.

Ainsi se passa le beau jour de la première communion. Marie en conserva un précieux souvenir.

L'année qui suivit fut pleine de piété et de ferveur. Le chemin de la table sainte lui était ouvert ; elle y alla souvent. Toujours bien préparée par le sacrement de pénitence et les pieux désirs de son cœur, elle connut par des grâces abondantes combien *le Dieu d'Israël est bon à ceux qui ont le cœur droit* (1) ; elle y puisa la lumière, la force, l'amour, et c'est là tout le secret de cette innocence aimée et conservée, nous n'en doutons pas, jusqu'à son dernier soupir.

Une année après, la jeune Marie, toujours élève externe dans le même établissement, renouvela solennellement avec ses compagnes sa première communion et les promesses de son baptême. Mais le soir de ce jour de souvenir fut marqué par un acte qui fut comme la seconde époque de sa courte vie ; elle fut reçue enfant de Marie dans l'association de l'Immaculée Conception établie dans la paroisse.

La pieuse enfant aimait beaucoup ce jour ; elle en parlait avec bonheur, comme de celui de sa première communion ; elle se regarda, plus encore que par le passé, comme l'enfant de Marie ; elle eut droit aux indulgences précieuses et aux autres faveurs spirituelles de l'association ; elle portait avec joie les couleurs et la médaille de sa divine Mère, et, parmi ses associées, nulle ne la porta mieux.

Ainsi que dans la plupart des églises paroissiales, la confrérie de l'Immaculé Conception avait, dans la maison de Dieu, sa chapelle particulière. L'image de la Vierge sans tache s'y montre au regard de ses enfants avec les deux emblèmes qui nous symbolisent sa gloire et sa puissance : son voile long, la céleste et virginale beauté de

_____

(1) Ps. 72.

ses traits, ses bras étendus, ses mains ouvertes d'où
jaillissent les rayons de la grâce divine, le serpent vaincu
sur la tête duquel elle pose son pied triomphateur.

Souvent l'enfant de Marie venait dans un coin de la
chapelle prier avec ferveur. Elle aimait à contempler les
traits de sa divine Mère ; il lui semblait que ce maternel
regard s'abaissait sur elle pour l'encourager et la bénir.
La mère et l'enfant avaient toujours quelque chose à se
dire. Dans ce doux sanctuaire que l'enfant regardait
comme sa demeure, que de bonnes prières elle a faites !
que de faveurs elle a reçues !

Sa voix, naturellement belle et forte comme sa robuste
organisation, se mêlait volontiers aux voix de ses compagnes, pour chanter les grandeurs de Marie. Le chant, où
elle réussissait, qui pour elle était une consolation et un
devoir plus encore qu'un plaisir, ne réveillait dans son
âme aucune pensée de vanité. Elle consacrait à la sainte
Vierge sa voix, comme elle lui avait donné son cœur et sa
vie.

L'année qui suivit cette consécration fut pour elle une
année de progrès dans tous les genres. Sa belle intelligence, cultivée par les soins tendrement dévoués de ses
maîtresses, prit un rapide essor. Son cœur s'affermit
dans les vertus solides qui, dès sa première enfance, furent l'objet de ses efforts. Son corps même prit un rapide
accroissement, au point qu'à l'âge de quatorze ans, Marie
R. avait la taille, la raison, la force physique et morale
d'une jeune fille de dix-huit ans.

Ses succès dans les différentes branches de ses études
lui obtinrent, le jour de la distribution des prix, plus
d'une belle couronne. La pieuse enfant les reçut avec modestie. De l'honneur qui lui en revenait elle n'accepta que
la satisfaction, si légitime à un cœur tendrement filial, de
consoler ses bons parents et de leur prouver qu'elle avait
bien profité des sacrifices qu'ils s'étaient imposés pour

son éducation. Elle attribua ses succès à la bénédiction de Marie, et c'est sur son autel bien-aimé qu'elle alla déposer ses couronnes.

Ces premiers triomphes de son intelligente application révélaient une capacité peu commune, et semblaient désigner sa vocation. Une mémoire heureuse, un jugement sûr, une volonté forte réclamaient un théâtre plus étendu que la modeste enceinte et le cercle étroit du foyer domestique. Son père le comprit ; il en remercia Dieu ; il vit dans sa chère fille son avenir et la consolation de ses vieux jours ; il résolut de lui ouvrir la carrière de l'enseignement qui était la sienne, et pour préparer son enfant au brevet de capacité qui en est la condition rigoureuse, il la plaça à l'École normale du département dont la direction, comme on sait, est confiée aux religieuses Trinitaires de Valence.

Marie se prêta aux désirs de son excellent père avec ec dévouement filial que son bon cœur lui avait voué ; elle se berçait du doux espoir de pouvoir être un jour son bâton de vieillesse. Mais ce cher espoir ne devait point se réaliser.

II.

A L'ÉCOLE NORMALE.

Mlle Marie R. entra à l'École normale le 15 octobre 1855. Elle était alors dans la seizième année de son âge. Ici notre tâche devient tout à la fois plus douce et plus délicate. Nous avons avec cette excellente institution des rapports fréquents. C'est un coin du jardin précieux que Dieu nous a donné à cultiver ; nous avons mission pour y donner l'enseignement catholique, ce premier besoin des âmes à tous les âges; c'est à nous que les maîtresses et les élèves viennent demander les secours et les consolations de notre divine religion. Là le prêtre de Jésus-Christ n'est point regardé comme un fonctionnaire à gages ; son ministère, entouré de respect et de reconnaissance, est aussi facile que consolant. Comment taire des vertus qui nous édifient? Comment parler de la piété de nos enfants? Nous laisserons parler les faits, et nous citerons d'irrécusables témoignages.

Mlle Marie y porta toute sa bonne volonté. Une vive intelligence, un jugement sûr, une heureuse mémoire, une application parfaite, devaient bien vite, malgré sa grande jeunesse, la signaler parmi les meilleures élèves. Sa vertu, déjà si solide, devait, sous l'influence de la grâce, y recevoir de nouveaux accroissements.

Nous sommes heureux ici de nous taire pour laisser parler une voix bien digne de foi.

Peu de jours après la mort de sa chère élève, Mme Saint-Régis, directrice de l'École normale, nous écrivait la lettre suivante :

« Valence, 14 octobre 1859.

« Monsieur,

« Vous m'avez demandé et je vous ai promis quelques notes sur Mlle Marie R., élève de l'École normale ; je viens accomplir ma promesse, vous laissant libre de faire de ces quelques lignes écrites à la hâte l'usage que vous voudrez.

» Mlle Marie R. appartenait à une de ces familles éminemment religieuses qui se concilient justement l'estime et l'affection de tous. Il serait superflu d'en faire l'éloge ; je me contenterai de vous dire que les touchantes vertus d'un père et d'une mère véritablement chrétiens se retrouvèrent dans l'âme pure et candide de cette pieuse enfant.

» Mlle Marie avait quinze ans, lorsqu'elle nous fut confiée, pour la préparer à recevoir son brevet et l'initier aux devoirs nombreux et délicats d'une bonne institutrice. Elle reprit alors le titre d'élève. Les six premiers mois qu'elle passa dans cette nouvelle situation, lui concilièrent bientôt l'estime et l'affection de ses maîtresses : elle était si douce, si prévenante, si bonne !

» Un jour ayant attiré quelques reproches à ses compagnes, en n'osant avouer une faute légère qu'elle avait commise, faute qui retombait sur la classe tout entière, elle vint courageusement se jeter à mes genoux pour me demander pardon, pleurant amèrement la peine qu'elle avait causée à ses compagnes. Je la relevai en l'embrassant. Cet acte d'humilité et cet aveu suffirent pour me dévoiler le fond de sa belle âme.

» Dès ce moment, ma confiance et mon estime lui furent acquises. Mais Mlle Marie ne s'en tint pas là ; son cœur demandait une autre réparation ; elle voulut, malgré moi, aller se jeter aux pieds de ses compagnes, en leur demandant pardon avec larmes de la peine qu'elle leur avait occasionnée. Une faute légère, si généreusement réparée, prouve assez de quoi son caractère énergique était capable dans la pratique du bien.

» Elle avait dans ses sentiments, dans ses rapports avec ses maîtresses et même avec ses compagnes, quelque chose de distingué, d'aimable et de délicat qui la faisait chérir.

» Un jour, à l'occasion d'une de ces fêtes de famille dont elle était l'âme, je lui exposais mes craintes au sujet de quelques dépenses dont je n'avais pu avoir connaissance ; je la pris en particulier pour obtenir d'elle un secret que je n'avais pas pénétré, et je l'encourageais à répondre à mes questions. «Oh ! Madame, me répondit-elle, comment pourrais-je me résoudre à trahir le secret de mes compagnes ! je me croirais indigne de leur confiance, et, vous-même, il me semble que vous devriez me retirer la vôtre. Je vous en prie, Madame, pour cette fois encore, ne vous inquiétez pas et laissez-moi faire. » Assurément je n'insistai pas davantage et je trouvai parmi les objets qui me furent offerts en cadeau de fête un fort beau christ, différents objets pour l'autel du Sacré-Cœur et des vêtements pour une famille indigente que les élèves réunies se plaisent à secourir. Le choix fait par cette pieuse enfant ne pouvait être plus délicat. C'est dans plus d'une circonstance semblable que Mlle Marie a fait preuve de discrétion et de piété.

» Ainsi que vous le savez très-bien, Monsieur, il existe à l'École normale une petite association pieuse, connue sous le nom de Confrérie du Sacré-Cœur, ayant pour but d'honorer spécialement le Sacré-Cœur de Jésus qui a tant aimé les hommes, qui mérite tant d'amour et qui en recueille si peu, de lui offrir des hommages et des amendes honorables, en réparation des ingratitudes et des outrages dont il ne cesse pas d'être abreuvé par les enfants du monde et du démon.

» Toutes les jeunes personnes qui en font partie désirèrent l'avoir a leur tête en qualité de présidente ; elle fut unanimement choisie, et seule, dans son humilité, elle s'étonna d'un tel choix, tant elle se croyait incapable de tout bien ! Mlle Marie s'appuya sur le Cœur de Jésus, et sut profiter de sa nouvelle position pour augmenter en ferveur au service de Dieu, en obéissance envers ses maîtresses et en charité à l'égard de ses compagnes.

» Une de ses compagnes qui avait montré quelque opposition à son élection, lui fournit plusieurs fois l'occasion de mettre sa charité et sa patience à l'épreuve ; je fus forcée d'intervenir et d'employer une sévère pénitence (ôter le ruban du Sacré-Cœur). Mlle Marie en souffrit énormément : « C'est moi qui suis la cause de son chagrin, me disait-elle tristement. Oh ! je vous en prie,

Madame, ne lui faites plus de reproches ! cela me fait trop de mal.»

» Dès ce moment, cette compagne fut pour Mlle Marie un objet spécial de soins assidus, de prévenances affectueuses, de conseils utiles ; elle l'aimait comme sa propre sœur, et souffrait chaque fois que j'étais forcée de lui adresser quelques reproches. Il y a quinze jours, qu'étant venue me voir, sa première parole fut de me demansi j'avais écrit à cette compagne qui, elle-même m'avait écrit il y avait quelques jours. Non, lui répondis-je, le temps m'a manqué et je ne pourrai le faire encore. Oh ! je vous en supplie, me dit-elle, laissez-moi lui répondre à votre place ; comme votre silence doit lui être sensible ! Je le lui permis et elle le fit le jour même. C'est ainsi que cette pieuse enfant pardonnait tout ce qui lui était personnel, et accablait de bons procédés toutes celles dont elle avait eu à se plaindre.

» Il n'y avait point de peine qu'elle ne comprît et ne partageât, point de repos pour son bon cœur qu'elle n'y eût apporté quelque consolation ; point de circonstance où sa charité pût se ralentir. Aussi, temps, récréations, sommeil, tout cela était sacrifié.

» Une de ses compagnes eut le malheur de perdre sa mère. Mlle Marie lui écrivit aussitôt une lettre touchante qui m'a été remise et que je vous envoie. C'était pendant les vacances.

« MA BONNE AMIE,

» Comment vous témoigner la douleur que j'ai ressentie, en apprenant la triste nouvelle qui fait couler vos larmes ! Que vais-je vous dire qui puisse vous consoler, sinon que je prie de toute mon âme le divin Cœur de Jésus de se souvenir de ses enfants, mais surtout de celles qui sont dans la peine. C'est vous dire, ma chère Philomène, que toutes mes prières sont pour vous. Ce n'est qu'hier que Madame S.-P. m'a appris cette triste et douloureuse perte. Depuis lors, je pense continuellement à vous; c'est à un tel point, que je ne puis écrire une lettre commencée depuis longtemps. J'éprouve le besoin de vous parler ; mais j'ai le cœur si gros que je ne puis vous dire ce que j'éprouve. Je n'ose presque pas vous écrire ; je crains de renouveler votre douleur. Que vais-je vous dire ? Je n'entreprends pas, ma chère amie, d'exciter en vous des sentiments de résignation : votre foi, votre piété vous parlent d'une manière trop éloquente, pour que j'essaie moi-même de le faire. Vous vous êtes jetée dans les bras de la divine Providence ; vous avez appelé le Sacré-Cœur à votre secours, et vous êtes, j'en suis sûre, un modèle de résignation et de conformité à la volonté de Dieu. Écrivez-moi, ma chère amie, et, bien que mes lettres ne vous soient pas utiles, ne feraient-elles que vous distraire un moment, en vous donnant des preuves de mon affection, je me ferais un plaisir de vous en envoyer souvent ; elle auraient rempli une partie du but que je me propose.

» Je suis dans mon pays natal ; vous savez que la distance qui nous sépare n'est pas très-grande ; venez passer quelques jours auprès de moi ; je serais si heureuse de vous posséder ! je ferais tout mon possible pour vous distraire ; vous serez en famille ; mes parents se feront un plaisir de vous recevoir ; je me mettrai à votre disposition. Je sais bien que vous allez me refuser en disant que vous n'allez trouver du plaisir nulle part ; mais, voyez, vous ne serez pas plus gênée que chez vous ; allons, annoncez-moi dans votre lettre le jour de votre arrivée ; j'irai à votre rencontre et je ne vous garderai absolument que le temps que vous voudrez bien me donner. Faites que ce soit bientôt ; il me tarde de vous embrasser.

» Adieu, je dois vous ennuyer, vous êtes trop triste

pour que je vous parle si longuement ; cependant mon
intention est bonne, veuillez me pardonner. Je vais écrire
à Mlle M. pour lui faire part de votre douleur, que je par
tage d'autant plus sensiblement, que vous savez que mon
affection pour vous est véritable.

» Adieu, ma chère Philomène ; ne m'oubliez pas dans
vos ferventes prières. Dieu vous aime, puisqu'il vous a
visitée, il ne saurait donc rien vous refuser.

» Votre amie,   Marie R...

» 13 septembre 1859. »

La ferveur dans la jeunesse a besoin, pour se soutenir,
de pratiques extérieures. C'est l'aliment nécessaire de
cette flamme précieuse, mais variable et exposée à tomber. Dans la confrérie du Sacré-Cœur, elles ne man-
quaient pas. A trois époques de l'année surtout, la directrice et les associées s'ingéniaient à en chercher de nouvelles : c'était pendant le carnaval, le mois de Marie et le
mois de juin, consacré au cœur de Jésus.

On le sait : le carnaval est dans le monde une époque
de festins et de plaisirs qui trop souvent éloignent de Dieu,
attristent le ciel et réjouissent l'enfer. Ces dissolutions
sollicitent les cœurs généreux et fidèles à dédommager le
Sacré-Cœur oublié et outragé, par des adorations, des
prières et des amendes honorables. Mlle Marie était la
plus zélée ; elle se faisait l'apôtre du Sacré-Cœur ; pour le
Sacré-Cœur rien ne lui coûtait ; elle en parlait sans cesse ;
son cœur y était tout entier ; ses compagnes marchaient
sur ses traces. Leur pieuse directrice, secondant leurs
généreuses intentions, avait établi que l'une d'elles rem-
plirait, une heure chaque jour, l'office de réparatrice.
Durant cet intervalle, elle portait, comme marque extérieure de cette auguste mission, la médaille du Sacré-
Cœur suspendue par un ruban rouge. Elle était chargée

de faire un certain nombre d'actes réparateurs qui devaient se mêler, comme une sainte diversion, à ses travaux classiques. La médaille passait d'heure en heure à toutes les associées, et ainsi la journée tout entière s'écoulait dans le cercle ordinaire de ses occupations, comme une réparation continue. Puis venait, dans l'après-midi, le moment de l'adoration générale devant le Saint-Sacrement. On n'y omettait jamais l'amende honorable et la consécration au Sacré-Cœur de Jésus. Ce divin Cœur pouvait-il n'être pas consolé ?

La journée d'une élève, à l'école normale, est complètement remplie ; du matin au soir, pas un quart d'heure qui ne soit occupé. Les exercices de piété où les devoirs d'état en absorbent tous les instants. Non contente d'avoir parfaitement accompli, durant la journée, la sainte volonté de Dieu, clairement manifestée par le règlement, Mlle Marie, et quelques-unes de ses plus ferventes compagnes, sollicitaient comme une faveur de leur chère directrice, de passer comme elle à la chapelle, devant le Saint-Sacrement et l'image bien-aimée de Marie, la demi-heure qui suivait la prière du soir jusqu'au coucher. Cette faveur ne pouvait leur être refusée ; elles étaient si heureuses de l'obtenir ! elles en profitaient si bien !

Il est vrai que le soir est, par excellence, l'heure de la prière. Libre d'affaires et de soucis, l'âme alors, l'âme pieuse s'ouvre délicieusement aux célestes impressions. Elle oublie les créatures, elle s'élance dans le sein de Dieu. C'est l'heure où le Dieu caché, le Dieu d'amour, fait le plus doucement sentir sa présence. Heureux les cœurs qui savent l'apprécier !

Quand revenait le mois aimé de Marie et de ses enfants, la pieuse présidente de l'association du Sacré-Cœur, qui n'avait pas oublié son premier titre, n'oubliait pas non plus son auguste patronne. La manière de sanctifier le mois de Marie, était, quelques jours avant son retour, l'objet de ses doux entretiens avec ses compagnes. Chacune émettait son avis ; les pratiques se multipliaient; les plus méritantes, c'est-à-dire celles qui imposaient quelques sacrifices, étaient préférées. On faisait un plan qui était ensuite soumis à l'approbation de Madame la directrice et même à celle de M. l'aumônier. Il nous en souvient avec bonheur : dans ces pieux projets de santifica-tion, expression souvent exagérée du zèle et de la bonne volonté, il n'y avait qu'à retrancher.

Au mois de juin, la ferveur redoublait. C'est le mois du Sacré-Cœur ; c'est le mois de sa confrérie. Tout alors, dans l'Ecole normale, se ressentait de cet élan communiqué aux âmes par ce mois béni. Le silence était mieux gardé, les travaux mieux accomplis, l'obéissance plus généreuse. Les communions étaient plus fréquentes, mais cette digne faveur s'achetait par des efforts bien et dûment constatés, il fallait présenter à Madame la directrice un certain nombre de *grands billets* qui ne s'obtenaient pas facilement ; il fallait devenir, sous tous les rapports, ir-réprochable ; on y arrivait. Après cette préparation, la meilleure de toutes, les associées du Sacré-Cœur pouvaient avec confiance approcher de la table des anges. Tous les jours de ce mois chéri, chacune d'elles faisait, à tour de rôle, la communion de circonstance, et ainsi la communion devenait quotidienne.

Les dispositions que Mlle Marie apportait à la réception des sacrements étaient des plus parfaites. Nous laisserons, ici encore, parler sa digne maîtresse.

« Mlle Marie s'approchait régulièrement du saint tribunal de la pénitence tous les huit jours. Oh ! comme dans cet heureux moment elle savait retremper son âme tout entière ! que de courage elle y puisait ? que de saints désirs animaient alors sa belle âme! « Si vous saviez, me disait-
» elle un jour, comme je comprends le bonheur qu'il y
» a d'être tout à Dieu, et de conserver dans la solitude

» son âme bien pure? Le monde, oh! je ne l'aime pas!
» il me semble que déjà j'en comprends la vanité, le
» néant et les dangers. Si j'y reste, ce n'est que pour
» faire aimer et servir le Cœur de Jésus. »

» Sa piété ne se fit jamais un appui illusoire de ces
sentiments de ferveur dont la jeunesse aime à se nourrir.
La sienne ne fut jamais non plus cette piété extérieure, si
ordinaire aux jeunes personnes ; elle eut toujours pour
base la fidélité à ses devoirs, l'obéissance au règlement
établi, et, ainsi que nous l'avons déjà dit, la charité envers tout le mondé.

» Admise à la communion fréquente, elle s'y préparait
avec toute la ferveur dont sa belle âme était capable. Je
ne me souviens pas de l'en avoir jamais privée. « Madame,
disait-elle la veille de sa mort à une de ses amies, lorsqu'il nous arrivait de manquer à quelques-uns de nos
devoirs, la plus pénible pénitence que l'on pût nous im-
poser, était de nous priver de la sainte communion que
nous avions le bonheur de faire tous les vendredis. Eh
bien, cette communion, je ne l'ai jamais manquée. Comme
cette pensée me rend heureuse ! »

Au témoignage de sa maîtresse, nous pouvons joindre
celui de ses compagnes. Nous n'en connaissons pas de
plus vrai, de plus désintéressé et de plus précieux.

SOUVENIRS DE NOTRE BONNE ET CHÈRE COMPAGNE.

« Les parfums d'édification que cette chère compagne
a laissés parmi nous; le souvenir de ses actions de chaque
jour, de chaque instant, nous est trop cher, pour les
passer sous silence, et c'est avec la douce conviction que
ce témoignage qu'on nous a demandé pourra produire
d'heureux fruits dans l'âme des jeunes personnes qui le
liront, que nous essayons d'esquisser quelques-unes des
vertus particulières que nous avons remarquées en elle.

Nous sommes persuadées que l'exemple de cette chère amie, enlevée à la fleur de l'âge, et qui cependant était déjà mûre pour le ciel, fera naître dans leur âme le désir d'imiter sa vie humble, charitable, dévouée et toute d'amour pour Dieu.

» Nous allons citer ici quelques traits qui nous ont plus impressionnées et qui ont laissé dans l'esprit de toutes ses compagnes des souvenirs qui seront à jamais ineffaçables.

» *Son humilité.* Elle était si profonde, que, quoique remplissant la fonction honorable de Présidente du Sacré-Cœur, établie dans la classe, loin de se prévaloir de l'autorité que lui conférait ce titre, elle ne se considérait jamais que comme la dernière de toutes ses compagnes, et ne s'en servait que pour les rappeler à l'observance du règlement, lorsque quelques-unes d'entre elles s'en écartaient un peu.

» A l'époque du renouvellement des élections, son humilité eut à subir une nouvelle épreuve. Elle fut réélue à la majorité des voix. M. le directeur de la confrérie venait de rappeler en quelques mots les devoirs que nous avions à remplir envers la présidente ; quand il eut quitté la salle, une des associées de Mlle Marie, qui lui était sans doute bien inférieure en vertu, se récria vivement et dit en sa présence ces paroles qui durent être bien pénibles à son excellent cœur : Je réserve mon obéissance pour ma maîtresse ; mais pour une élève, jamais !... Ces paroles furent prononcées assez nettement, pour être entendues de Madame la directrice. Étonnée et affligée, elle l'en reprit vivement ; mais Mlle Marie, oubliant aussitôt l'offense qui lui avait été faite, trouva mille excuses pour atténuer sa faute, et chercha par d'aimables procédés à gagner son affection. Une telle charité porta ses fruits : la compagne coupable lui demanda pardon publiquement, et désormais lui fit oublier ses torts.

» *Sa charité.* C'était une des vertus qui brillait d'un

bien vif éclat dans son âme. Nous pourrions citer ici un grand nombre d'exemples de cette vertu qu'elle a pratiquée dans toute son étendue, pendant son séjour parmi nous. Il n'y a aucune de ses compagnes qui n'ait à se rappeler avec bonheur quelques-unes de ses actions qui montraient visiblement combien son cœur était rempli de charité. La nuit n'était point pour elle un obstacle à l'exercice de cette vertu. Quand parfois une de ses compagnes était fatiguée, il n'était plus de repos pour elle jusqu'à ce qu'elle lui eût procuré quelque soulagement. Le jour, nous l'avons vue, au lieu de prendre ses récréations avec ses amies, les passer tout entières à consoler celles qui se trouvaient dans la peine ou à aider celles qui éprouvaient quelques difficultés dans leurs études. Nous ne pouvons laisser dans l'oubli un trait qui sera toujours présent à notre mémoire. Une de ses compagnes qui éprouvait pour elle un sentiment d'aversion et qui ne l'épargnait guère dans aucune circonstance, a été le constant objet de ses prévenances et de ses soins. Cette jeune personne se trouvant faible dans ses études, presque toutes les récréations de Mlle Marie étaient consacrées à lui expliquer les leçons données précédement et qu'elle n'avait pas comprises. Combien de fois aussi l'avons-nous vue supporter en silence et sans que le moindre murmure effleurât ses lèvres, de vives remontrances que lui adressait dans son zèle Madame la directrice pour des fautes commises par d'autres !... Mlle Marie s'attribuait à elle tous les torts, et recevait toujours avec reconnaissance les reproches qu'elle n'avait pas mérités.

» *Son dévouement et sa piété*. Comme de la charité et de l'humilité découlent toutes les autres vertus, il est inutile de dire combien son dévouement était généreux, sa piété douce et sincère. Le plaisir qu'elle éprouvait lorsqu'elle pouvait rendre quelque service à sa maîtresse ou à quelqu'une de ses compagnes était si grand, qu'elle aurait désiré qu'on le lui procurât à chaque instant ; elle s'oubliait elle-même pour ne songer qu'aux autres.

» Sa piété était éclairée et bien entendue. Oh ! elle était pieuse comme un ange... C'était toujours la figure rayonnante de bonheur qu'elle sortait de cette chapelle bénie où elle venait de s'entretenir un moment avec son Dieu, et où elle était toujours le modèle du recueillement et de la ferveur. Nous ne pouvons manquer de parler un peu du vif empressement et de la régularité qu'elle montrait pour la réception des sacrements. Toutes les semaines nous l'avons vue s'approcher avec une foi bien vive du saint tribunal de la pénitence ; mais c'est surtout son amour pour la divine eucharistie qui nous a le plus édifiées. Son bonheur était au comble et se peignait sur ses traits, chaque fois qu'il lui était permis de se nourrir de ce pain céleste ; et les compagnes qui étaient près d'elle, à ce bienheureux moment, ne pouvaient s'empêcher d'envier et la ferveur et les pures délices dont son âme était toute inondée...

» *Sa soumission et son respect.* Elle s'est toujours montrée l'élève la plus soumise et la plus respectueuse à ses maîtresses. Un trait qui se présente à notre mémoire et que nous allons rappeler ici, prouve sa fidélité au règlement de l'école. N'ayant pas vu sa mère depuis longtemps, elle désirait sa visite avec d'autant plus d'impatience, qu'elle la savait fatiguée, lorsque cette bonne mère la fit demander au parloir. Mais c'était le moment de la promenade. Mlle Marie savait que personne ne pouvait s'en dispenser ; aussi, malgré l'extrême désir qu'elle avait de s'entretenir avec sa mère, elle en fit le sacrifice généreusement et après l'avoir embrassée, elle la quitta aussitôt pour suivre ses compagnes. »

Cette généreuse enfant savait ainsi profiter de toutes les occasions que lui ménageait la divine bonté, pour faire un acte de vertu. Est-il étonnant qu'une âme si fidèle à la grâce, à l'aurore de ses plus belles années, se soit trouvée mûre pour le ciel ?

« Après un séjour de trois ans à l'École normale, continue sa digne maîtresse, dans le témoignage déjà cité, Mlle Marie revint à la maison paternelle. Son éducation achevée avait ajouté aux dons qu'elle avait reçus de la nature et de la grâce ; son jugement, formé par de sérieuses réflexions, avait une maturité au-dessus de son âge ; il semble qu'elle était sans défaut. Elle était belle, mais d'une beauté toute céleste qui imprimait un respect involontaire. Une touchante bonté, une délicatesse exquise, une modeste timidité, venaient donner à sa vertu ce je ne sais quoi d'achevé que l'on sent et que l'on ne peut dire... Telle était notre bien chère enfant à l'âge de dix-huit ans. »

Mademoiselle Marie aspirait au brevet d'institutrice. Bien préparée par des études sérieuses fécondées par une belle intelligence, elle n'attendait que l'âge requis pour se présenter devant la commission d'examen. Cette attente lui fit passer à l'école normale une année de plus que l'intervalle ordinaire. Dès l'âge de dix-sept ans, elle était déjà la meilleure élève de la classe, comme la plus pieuse des enfants du Sacré-Cœur.

Cette année la vit croître de vertus en vertus. La semence jetée en si bonne terre y fructifia au centuple ; la moisson était belle ; elle était mûre, et déjà les anges du ciel se disposaient à la cueillir.

L'approche des examens est ordinairement, pour les élèves qui doivent les subir, une époque de pénible travail et de préoccupations plus pénibles encore. L'examen s'offre à leur esprit inquiet comme un défilé étroit, difficile et sombre qu'il faut franchir avant de pouvoir marcher sur la route tracée au-delà. On se rappelle les faux pas, les chutes, les malheurs des voyageurs qui ont précédé ; on tremble de tomber aussi et d'être contraint de retourner en arrière ; ces craintes de l'avenir influent sur le présent, et, trop souvent, exercent sur la santé une fatale influence.

Mademoiselle Marie était pleine de confiance. N'était-elle pas l'enfant du Sacré-Cœur et l'enfant de Marie? ses motifs n'étaient-ils pas solides et purs? elle ne comptait pas sur elle-même; ni la science acquise et éprouvée, ni sa présence d'esprit bien des fois constatée en des circonstances assez solennelles ; ni la solidité de sa mémoire et de son jugement, ne l'auraient rassurée : elle savait qu'un moment de timidité, de trouble involontaire peut tout-à-coup paralyser tous ces gages de succès ; mais en se défiant d'elle-même, elle pouvait et devait compter sur le secours divin.

Il existe à l'école normale un usage pieux. Pourquoi ne le dirions-nous pas? il est édifiant sous plus d'un rapport; il n'atteste pas seulement la douce et fraternelle union qui existe entre les élèves ; il prouve aussi la puissance de la prière, en révélant les vrais motifs d'une sainte confiance et la cause véritable des succès obtenus.

Durant les examens publics on priait. Des messes se célébraient en faveur des élèves qui en subissaient les épreuves ; les enfants du Sacré-Cœur faisaient la communion ; un cierge était allumé devant l'autel de Marie, et, durant la majeure partie du jour, les associées se succédaient à la chapelle, pour l'adoration du Saint-Sacrement.

Ainsi l'époque redoutable des examens réveillait la ferveur, resserrait l'union, enflammait le zèle pur et la charité fraternelle ; la plus douce solidarité s'établissait entre les associées que réunissait le Sacré-Cœur de Jésus. Si le succès ne couronnait pas tous les efforts, du moins on pouvait se rendre le consolant témoignage qu'aucune précaution n'avait été négligée pour l'obtenir ; ni l'étude, ni la prière. Faut-il, après cela, s'étonner des bénédictions toutes spéciales qui retombaient sur les élèves de l'école du Sacré-Cœur ?

Mademoiselle Marie obtint l'unanimité des suffrages ; son nom fut le premier inscrit sur la liste des élues. Si ce triomphe lui fut doux, ce n'était point à cause du reflet d'honneur qu'elle en recevait personnellement, mais parce que son bon cœur y vit une récompense pour ses dignes maîtresses et une consolation pour ses bons parents.

Elle remercia avec affection le Sacré-Cœur de Jésus, le cœur maternel de Marie, de leur divine assistance, et ses chères compagnes du secours de leurs prières. Puis elle écrivit à sa famille pour lui faire part de cette agréable nouvelle.

Quelques jours se passèrent encore à l'école normale. Quoique les examens publics aient lieu ordinairement dans les premiers jours d'août de chaque année, les élèves ne sortent pas avant le quinze. La grande fête de l'Assomption est encore célébrée en famille, dans la maison-mère de la Trinité, où le culte de Marie est si cher et si solennel. Cette douce solennité, à laquelle on se prépare si bien, est le pieux couronnement de l'année scolaire. Le lendemain est le jour du départ et des adieux.

Chaque année voit se renouveler, dans cette maison, entre les élèves de l'école, une autre espèce de séparation. Celles d'entre elles qui y sont entrées plutôt pour y compléter leur éducation et y examiner leur vocation, que pour embrasser dans le monde la pénible carrière de l'enseignement, après avoir sérieusement examiné les desseins de Dieu, choisissent ordinairement le jour béni de l'Assomption pour fixer leur choix. Au lieu de prendre le chemin du monde, elles embrassent le sentier plus étroit, mais plus sûr de la vie religieuse. Leurs compagnes sortent, elles restent ; celles-là vont, dans les vacances, retrouver, sur le sol natal, les souvenirs de l'enfance et les joies de la famille ; celles-ci, fidèles à la voix qui les appelle, renoncent à ce bonheur du pays et à ces joies de la famille, pour se faire les enfants d'une autre famille, et aspirer au titre plus beau d'épouses de Jésus-Christ. Cette séparation est frappante ; et, quand au moment de l'accomplir, on se donne le baiser des adieux, il y a dans le cœur des émotions, et souvent dans les yeux des larmes.

Mademoiselle Marie l'éprouva. Son cœur était fait pour le sentir. Elle vit avec bonheur deux ou trois de ses chères compagnes monter au noviciat trinitaire. Elle les félicita de cette vocation privilégiée, principe d'une sanctification plus grande et d'une plus belle moisson de mérites. Pour elle, après avoir consulté Dieu dans la sincérité de son cœur, ne sentant aucun attrait pour la vie religieuse et voyant de solides raisons pour rester dans le monde, elle se résigna à la volonté de Dieu, bien décidée à le servir et à l'aimer de tout son cœur.

Le lendemain, seize août, elle embrassa ses chères compagnes et put à peine dire un adieu furtif à sa maîtresse bien-aimée, occupée à la distribution des prix des salles d'asile. Mais elle se promit bien de se dédommager bientôt.

Elle revint en effet le 26 avec son père et sa mère, heureux et fiers de leur chère enfant sur qui se reposaient désormais leurs plus douces espérances. Pleins de délicatesse et de reconnaissance, ils étaient venus voir et remercier tous ceux qui avaient donné leurs soins à leur fille. Nous reçûmes leur visite et quoique ce fût la semaine de la retraite annuelle des sœurs trinitaires, ils firent tant d'instances auprès des supérieurs, qu'ils obtinrent la permission de rendre grâce aussi à madame la directrice de l'école normale.

Quinze jours après, le bon cœur de Mlle Marie la ramena encore. Elle revit la chère maison où elle avait travaillé et prié trois ans, la maîtresse aimée qui avait toute sa confiance ; elle put lui parler en toute liberté ; les moments n'étaient plus comptés ; car, quand on a vécu d'une même vie d'intelligence et de foi, après plus de quinze jours de séparation, au terme de l'éducation scolaire, au début d'une position nouvelle, que n'a-t-on pas à se dire?

Ce changement fait époque dans une jeune vie ; l'horizon se transforme ; on se trouve en face de nouvelles perspectives et de nouveaux devoirs ; les études passées ne sont plus qu'un souvenir ; on jette les yeux autour de soi, pour y chercher, dans les rangs si pressés du monde social, une place sûre et durable.

Mlle Marie était sans inquiétude sur son avenir. Elle avait retrouvé la vie de famille. Faire le bonheur de son père et de sa mère, en restant auprès d'eux, c'était son parti pris, sa consolation, son rêve. Ce rêve souriait à son bon cœur ; il consolait sa piété filiale ; du côté de ses vertueux parents, il était peut-être plus doux encore ; mais, hélas ! il ne devait pas se réaliser.

III.

SA MALADIE, SA MORT.

Nous arrivons à la dernière époque de sa vie. Elle fut courte. C'est par l'histoire de sa dernière maladie que va se clore notre récit.

Mlle Marie devait aller, en famille, faire une promenade dans un village voisin où elle avait de nombreuses connaissances. C'était vers la fin de septembre 1859. Sous plus d'un rapport, cette petite excursion lui souriait : elle allait, au sein d'une famille aimée et si digne de l'être, retrouver des souvenirs, et renouer des amitiés agréables et chères. Les magnifiques perspectives qu'offre ce village placé sur des hauteurs richement vêtues, au moment où les premiers jours d'automne brillent de leur plus doux éclat, prêtaient à ce projet leurs charmes si vivement sentis par la jeunesse studieuse et lettrée. Qui aurait pu savoir alors que cette poétique excursion serait la dernière étape de son pélerinage d'ici-bas, avant le grand voyage de l'éternité ?

Nous avons sous les yeux une lettre de son père. Pour répondre aux légitimes désirs de la maîtresse de sa chère enfant, il voulut lui-même lui faire le récit de ces dernières circonstances de sa vie. Sous une telle plume, ce récit revêt un intérêt touchant que rien ne saurait égaler. Nous citons.

« 11 octobre 1859.

» Madame,

» J'ai puisé dimanche, dans le Cœur de Jésus, assez de force et de courage pour ne pas vous laisser ignorer plus longtemps comment notre chère Marie a été ravie à notre affection et à nos espérances.

» Depuis le dernier dimanche de septembre, elle se plaignait que la nourriture ne passait plus comme à l'ordinaire et qu'elle avait de temps en temps un léger mal de tête ; mais elle ne cessait pas de travailler à sa broderie, et de faire avec nous quelques promenades pour la distraire et, disait-elle, pour voir toutes ses anciennes amies et les personnes qu'elle affectionnait. Il lui tardait surtout de faire le voyage de Châteaudouble qu'elle voulait faire au moins encore une fois. Le jeudi 30 septembre, nous partons tous les quatre de bon matin, dans l'espoir de trouver encore M. le curé vivant. En entrant au village, on nous apprit qu'il était mort la veille ; ce qui nous affligea sans nous étonner, car nous le savions très-malade. Nous visitâmes ensemble toutes les personnes que nous devions voir ; nous dînâmes chez une famille vraiment patriarchale, où Marie fut pleine de joie. A quatre heures du soir, nous assistâmes à la levée du corps de M. le curé jusqu'à l'église. En descendant, elle se plaignit à sa mère de douleur de tête et la pria d'aller doucement, parce que chaque pas lui donnait des élancements. Elle prit le soir, comme nous, un léger bouillon et dormit assez bien ; le mal de tête avait un peu diminué, elle déjeuna après la messe, qu'elle ne manquait jamais, et se mit à sa broderie ; elle mangea peu à dîner ; elle fit après quelques pas au dehors, mais le mal de tête augmentant, sa mère la fit mettre au lit et lui donna une infusion calmante. Marie reposa un peu et se releva vers le soir ; elle prit un petit bouillon et dormit passablement. Le samedi matin, toujours même mal de tête. Sa mère, craignant alors contre toute apparence, que ce fût la suite d'un refroidissement, la fit rester au lit ; elle s'aperçoit bientôt que sa fille est en moiteur ; elle lui donne une infusion, la couvre un peu plus et la fait transpirer. Ces précautions semblaient avoir un peu calmé la douleur de sa tête, mais elle la trouvait toujours pesante. Vers le soir, sa mère lui dit qu'elle allait à confesse pour le lendemain ; Marie l'engagea à attendre jusqu'à jeudi pour communier ensemble le premier vendredi du mois. La nuit du samedi au dimanche a été passable, le dimanche tout le jour aussi, ainsi que la nuit. Le lundi, la lourdeur de sa tête étant toujours la même, le médecin ordonne des tisanes, une nourriture légère, et la journée, comme la nuit, se passe sans plus de douleur, seulement, le mardi matin, elle sentit que ses forces diminuaient sensiblement ; les tisanes et les bouillons qu'elle prenait le jour comme la nuit, semblaient inutiles ; vers le matin du mercredi, sa mère s'aperçoit qu'il y a un peu de délire et un affaissement de tout le corps. Le médecin l'attribue à une fièvre qui régnait dans nos contrées ; il lui demande où est son mal ; elle lui répond, comme à nous, en riant qu'elle ne sent point de mal, qu'elle n'a que la tête un peu lourde et sans douleur. Le jour et la nuit se passent assez paisiblement ; cependant la voix se voile et le gosier semble être un peu affecté. Le médecin

la questionne encore et toujours même réponse ; il ordonne des sangsues pour le soir du jeudi ; la matinée, Marie
nous paraissant plus agitée, nous appelons un second
médecin qui fait les mêmes prescriptions. Je dois vous
dire, Madame, que, malgré le délire du mercredi et du
jeudi, elle a toujours parfaitement répondu à toutes les demandes qui lui étaient faites et a toujours bien reconnu les
personnes qui lui parlaient ou qui venaient la voir. Pendant
ces deux jours, nous l'avons vue souvent lever les yeux vers
le ciel et sourire longtemps ; M. le curé, étant venu la voir,
la trouva souriante ; elle causa avec lui sur des sujets de
piété, qui lui allaient si bien. Une personne qu'elle n'a-
vait pas vue depuis quelque temps étant venue, je lui dis :
Marie, connais-tu cette dame ? Elle me répondit : Plaisan-
tez-vous ? c'est une telle. Vers les cinq heures du soir du
jeudi, je la vis sortir son bras droit du lit ; je lui fis
observer qu'il allait se refroidir ; je la recouvris, elle me
repoussa, elle sortit aussi le bras gauche et fit des efforts
pour joindre ses deux mains sur sa poitrine, et je l'enten-
dis commencer son acte de consécration au Cœur de Jésus
et de Marie ; quand elle l'eut fini, elle leva les yeux au
ciel en souriant. A huit heures on fit l'application des
sangsues qui remplirent très-bien leur office et qu'elle
sentit vivement ; un instant après elle devint calme, et
reprit sa couleur ordinaire ; plus de délire, elle nous ré-
pondait toujours qu'elle n'était pas malade, que rien ne
lui faisait mal. A onze heures, on remarqua son visage
inondé d'une sueur froide ; je fais appeler M. le curé pour lui
administrer l'extrême-onction, l'indulgence des mourants
et lui faire la recommandation de l'âme ; elle entendit et comprit si bien cette cérémonie qu'elle sourit à la fin en le-
vant les yeux au ciel ; sa tante lui présente ensuite le
crucifix ; elle le baisa une fois et puis lui dit : Encore,
encore... Le médecin appelé ne trouva plus de pouls, il
lui fit prendre une potion qui la réchauffa un instant ;

mais sa respiration devenait de plus en plus gênée et pressée, tout en conservant toute sa connaissance et en disant toujours qu'elle ne souffrait pas ; cinq minutes avant sa mort, elle montra encore sa langue sur la demande qu'on lui en fit. Enfin sans le moindre signe de douleur, sans aucun mouvement soit du corps, soit de la tête, elle a rendu le dernier soupir les yeux élevés vers le ciel et le sourire sur les lèvres. Elle est restée telle, sans qu'il y ait eu aucun changement pendant les vingt-neuf heures que son corps est resté hors de terre. Aussi les personnes qui sont venues toute la journée du vendredi, étaient frappées de la voir comme vivante.

» Veuillez agréer, Madame, avec les humbles respects d'un père bien affligé,

» Mes plus sincères remercîments.

« R..... »

Une autre lettre d'une dame amie de sa famille, adressée aussi à la directrice de l'école normale, confirme ces détails et témoigne de l'impression que fit sa mort. Nous la reproduisons en partie.

« MADAME,

» Nous l'avons vue cette chère enfant, dans tout le cours de sa maladie, supporter ses souffrances avec une résignation extraordinaire. Jamais une seule plainte ; toujours contente, priant avec une ferveur au-dessus de ses forces. Le dernier jour de sa vie, elle pria encore, se confessa, reçut les derniers sacrements avec un avant-goût des joies célestes ; quelques heures avant sa belle mort, elle joignit pieusement les mains, fit sa consécration au divin Cœur de Jésus avec une foi bien vive ; plus tard, elle suivit les prières de la préparation à la mort avec un grand calme et une parfaite résignation. Enfin, deux minutes avant de rendre sa belle âme à Dieu, elle a embrassé son crucifix avec grand amour, et s'est envolée vers Dieu, le sourire sur les lèvres...

» Toute la ville l'a regrettée et pleurée, aussi ses funérailles ont-elles été magnifiques. Les jeunes filles de l'Immaculée-Conception, vêtues de blanc et en très grand nombre, précédaient le cortége, et je puis dire que toute la ville accourait en foule pour l'accompagner à sa triste demeure et tous la pleuraient comme une amie et rendaient hommage à sa vertu.

» J'ai le cœur brisé par la douleur.

» Recevez, etc.

» Gabrielle C.....

» 12 octobre 1859. »

En lisant la lettre de son père, on est d'abord étonné de la trouver si calme, si sereine ; on dirait le rapport d'un médecin. Mais il ne faudrait pas juger par ces lignes la sensibilité de son cœur. Au moment où il écrivait, son sacrifice était fait, son parti pris ; la foi du chrétien avait triomphé de la douleur du père. On le reconnaît mieux dans cette lettre qu'il nous adressait douze jours après la mort de sa chère enfant.

» Monsieur,

» Bien que la douleur m'oppresse, j'ai puisé dans le Sacré Cœur de Jésus assez de force pour me rendre au désir que m'exprime votre bien consolante lettre et vous dire ce que nous savons, sa mère et moi, sur la vie de notre bienheureuse Marie, depuis l'âge le plus tendre jusqu'au moment où nous l'avons perdue.

. . . .

» J'ai donné hier, Monsieur, à Madame la Directrice de l'école normale des détails sur la maladie qui nous l'a ravie. Elle aura pu vous les communiquer. Ils vous intéresseront comme elle. J'ai peu de choses à ajouter aujourd'hui à ce douloureux récit. Ce qui nous touchait le plus dans notre chère malade, c'est que ses yeux s'élevaient souvent vers le ciel... Ensuite elle voulait toujours prier pour l'école normale ou pour le lieu et les personnes qu'un sourire semblait nous désigner.

» Son corps, son visage surtout, sont si bien restés les mêmes, qu'après vingt-neuf heures, on n'y pouvait remarquer aucun changement. Ses traits étaient si naturels, le sourire angélique qui avait accompagné son dernier soupir, était tellement resté sur ses lèvres, que, durant toute la journée du vendredi, et même le samedi matin, j'ai vu beaucoup de personnes soulever le voile qui la couvrait et l'embrasser comme si elle eût été vivante.

» *Beati mortui qui in Domino moriuntur; opera enim illorum sequuntur illos* (1).

» Elle vous vénérait trop, Monsieur, ainsi que sa bonne maîtresse ; elle aimait trop sa mère, sa sœur et moi, pour nous oublier tous auprès de Dieu. Ses prières, plus efficaces que les nôtres, nous obtiendront, à nous et à tous ceux qu'elle aimait, la grâce d'aller nous reposer dans le sein de Dieu, après notre malheureux pélerinage sur cette terre de larmes, de souffrances et d'illusions.

» Veuillez agréer, etc. »

Les douloureuses espérances de ce père si chrétien se sont réalisées plutôt qu'il ne croyait. Les prières de son ange ont été efficaces ; un an à peine après la mort de la fille, Dieu rappelait dans son sein le père et la sœur. Aujourd'hui, *sur la terre de larmes*, il ne reste plus que la mère. Puisse son cœur si éprouvé trouver dans ces pieux souvenirs une consolation à ses douleurs, et dans la certitude de leur bonheur éternel, un nouveau motif à ses espérances !

(1) Heureux ceux qui meurent dans le Seigneur ! Ils sont suivis de leurs œuvres. Apoc , 14, 15.

Quand la jeune vierge eut rendu le dernier soupir, autour de ses restes chéris les larmes coulèrent avec plus d'abondance. Son père, sa mère, sa sœur, beaucoup d'autres personnes qui l'aimaient, donnèrent libre cours à leurs sanglots. Les pleurs sont la preuve de l'attachement et l'attachement se mesure par les vertus de ceux que l'on perd. En vain la mort, sanctifiée et consolée par les sacrements et les prières de l'Église, rayonne d'espérance et d'immortalité ; en vain la foi fait briller à nos yeux les splendeurs de la gloire : la mort offre toujours son côté lugubre, le côté des adieux, et les cœurs s'émeuvent, et la nature reprend ses droits, et la douleur s'épanche avec les larmes.

La mort est plus cruelle quand elle frappe au jeune âge. Au déclin des jours, elle est quelquefois trop lente à venir ; alors elle arrive désirée, comme un terme à la faiblesse, aux infirmités, aux souffrances, compagnes trop assidues de la vieillesse ; mais au printemps de la vie !...

On a vu la résignation du père. Mais qui pourrait mesurer l'étendue de son sacrifice ? tant de consolations ravies ! tant d'espérances déçues ! La religion seule pouvait jeter sur des plaies si vives son baume consolateur.

A la mort, le sentiment public fait explosion. La vérité se fait jour ; elle sort avec éclat de toutes les bouches, et, à la solennelle manifestation qui a lieu devant une tombe nouvelle, il est facile de mesurer le degré d'estime et d'affection dont jouissait la victime du trépas.

On le vit bien à la mort de Mlle Marie. La nouvelle en circula bien vite dans la petite ville qui l'avait vue naître et mourir. Quoi ! c'est elle ! se disait-on ; déjà morte ! Elle, d'une si belle santé ! Elle si sage et si pieuse ! Pauvre ange... pauvre famille !

Ses funérailles furent solennelles. Autour de son cercueil couronné de fleurs, les rangs étaient pressés. Tous les prêtres de la paroisse voulurent y assister ; les congréganistes de l'Immaculée-Conception, ses anciennes compagnes, vêtues de leurs robes blanches avec leur voile et leur couronne sur la tête, y accoururent en foule. Douze d'entre elles, se relevant tour à tour, la portèrent à l'église et au cimetière. Quand la terre se referma sur ses restes bénis et bien-aimés, tous les cœurs étaient émus, tous les yeux pleins de larmes. Il semblait que dans ce champ des morts où elle venait d'être enfermée, et sur ce chemin des tombeaux où elle avait passé, on respirait encore des parfums d'innocence et de virginité.

Tous ceux qui savaient combien Mlle Marie avait aimé le Sacré-Cœur de Jésus, virent dans le jour de sa mort une circonstance toute providentielle. C'était le premier vendredi du mois, jour si cher aux associées du Sacré-Cœur. C'était son jour de prédilection. Durant les trois années de son séjour à l'école normale, que de communions, que d'amendes honorables, que de ferventes consécrations elle avait faites ce jour béni ! Sur son lit de souffrance, ce même jour, la dernière prière qui s'exhala de son cœur pieux et de ses lèvres mourantes fut une consécration au Sacré-Cœur de Jésus. Ce jour était bien choisi ; il trahissait dans le Sauveur qu'elle aimait une attention privilégiée pour cette enfant de son cœur ; il terminait sur la terre sa vie d'innocence et de prière ; il inaugurait sa vie de gloire au ciel.

La nouvelle de cette mort si prompte et si imprévue arriva vite à Valence. C'est son père lui-même qui se chargea de l'annoncer à la digne maîtresse de sa fille. La lettre qu'il lui traça fut mouillée de ses larmes. Pour la bonne religieuse, ce fut un coup de foudre. Elle en fut atterrée. Elle eût moins pleuré peut-être la mort de sa propre sœur. C'est qu'entre ces deux âmes qui s'étaient comprises, Dieu avait formé ces liens d'estime parfaite, de confiance réciproque, d'amitié pure et sainte, dont le monde ne comprend ni la force ni la douceur. Ces liens étaient brisés, — non, ils ne pouvaient l'être : ils sont plus forts que la mort ; mais pourtant sa chère présidente n'était plus de la terre... Les larmes coulaient ; pendant plusieurs jours, elles semblaient intarissables. Le père paraissait moins affligé que la maîtresse. C'est dans ces douloureuses circonstances que nous reçûmes la visite de M. R... ; la maîtresse s'y trouvait ; la présence du père réveilla dans son cœur le souvenir de la fille ; ses larmes reparurent ; il fallut la consoler ; le père se joignit au prêtre, et nous avons eu l'édification d'entendre ce généreux chrétien rappeler à une religieuse la nécessité de se soumettre aux desseins de Dieu et d'accepter le sacrifice qu'ils imposaient.

Au reste, les regrets que fit naître la mort de Mlle Marie furent partagés par toute la maison-mère de la Trinité où ses vertus avaient laissé un si doux parfum. Ils furent surtout sentis par ses compagnes. Nous en trouvons l'écho dans une lettre qui nous a été remise et que nous nous permettons de reproduire.

La première partie de cette lettre rappelle un trait de charité de Mlle Marie, cité dans le témoignage de ses compagnes invoqué ci dessus. En lisant les lignes qui suivent, on verra qu'elles ont été tracées par la jeune personne qui en fut l'objet. Nous n'en dirons pas le nom, quoique les détails qu'on va lire fassent son éloge autant que celui de Mlle Marie.

La lettre est adressée à sa bonne maîtresse.

« MADAME,

» Je viens de recevoir à l'instant même une lettre de Mlle R..., dans laquelle elle me prie de lui faire passer une lettre que Mlle Marie R..., cette chère compagne, m'avait autrefois écrite. Malheureusement, je ne possède plus l'original ; mais je m'en rappelle encore assez bien le contenu, qui, hélas ! n'était pas à mon avantage. Je ne dois pas regarder cela, lorsqu'il s'agit de faire ressortir les vertus de la compagne qui, peut-être, m'a le plus aimée, et qui me parlait toujours dans mes véritables intérêts. Sa lettre prouve sa charité envers ses compagnes, son amour et son dévouement pour ses maîtresses. La voici à peu près telle qu'elle était :

« Ce n'est pas en qualité de présidente que je vous écris, mais bien en amie et au nom de presque toutes vos compagnes, qui, comme moi, désireraient vous voir faire vos excuses à notre maîtresse. Vous savez combien elle est bonne pour nous, combien elle nous affectionne toutes; c'est pour nous une seconde mère et je sais que vous l'affectionnez comme telle. Alors pourquoi, après lui avoir fait de la peine, ne lui demandez-vous pas pardon ? Vous n'agissez pas, ma bien chère amie, en enfant du Sacré-Cœur; vous ne voulez pas vous humilier; croyez-moi : ce n'est pas de l'humiliation que d'avouer sa faute; l'humiliation consiste à la commettre; et puis, je vous le répète, une enfant du Sacré-Cœur doit-elle craindre les humiliations? non, au contraire, elle doit les rechercher, puisque c'est un moyen de ressembler plus parfaitement à ce divin Cœur.

» Je suis persuadée qu'au fond du cœur vous vous repentez et que vous souffrez d'être ainsi, n'est-ce pas la vérité ? Eh bien, courage, demandez au Cœur de Jésus l'humilité : je l'ai déjà beaucoup prié pour vous ; je le prierai encore, afin qu'il vous rende un peu plus raisonnable, et qu'à l'avenir vous ne fassiez plus de peine à vos maîtresses.

» Croyez-vous que le cœur si bon de Madame N... ne souffre pas de vous voir souffrir? Si vous n'osez faire vos excuses de vive voix, faites-les dans une petite lettre ; je me ferai un plaisir de la remettre moi-même à notre digne maîtresse.

» Ne lui dites pas que je vous ai écrit; elle sera beaucoup plus contente de penser que cela vient de vous. Je compte sur votre bon cœur pour que vous le fassiez au plus tôt. »

» Voilà, Madame, à peu près tout ce que contenait cette lettre, remplie de bons conseils. Ils ne restèrent pas stériles ; elle me fit pleurer ; je remerciai cette sincère amie par un petit billet où je lui disais les bonnes résolutions que j'avais prises ; je fis ensuite ma lettre qu'elle eut la bonté de vous remettre en m'excusant encore beaucoup auprès de vous. Hélas ! Madame, je ne croyais pas avoir si tôt à pleurer la perte d'une si bonne compagne. Maman, à qui j'avais raconté tous les petits services qu'elle m'avait rendus, l'a pleurée avec moi qui la pleure encore... Je la pleurerai longtemps. C'était l'ange de la classe, la médiatrice de ses compagnes auprès de leurs maîtresses ; elle avait des paroles douces et encourageantes pour toutes. Malheureusement, je n'en ai pas fait ma compagne assidue ; cependant, lorsque je pleurais, c'était elle qui me consolait : c'est elle qui consola Mlle J... à la mort de son père. Ses autres compagnes la laissèrent un peu de côté, parce qu'elle était triste, et moi la première, je l'avoue ; mais Mlle Marie, dès ce moment, ne la quitta plus ; une fois j'ai été témoin de la manière dont elle lui parlait, et j'en fus surprise ; c'était sans aucun doute la charité qui l'inspirait. Ses excellentes qualités, son bon cœur, sa douce piété, lui avaient acquis l'estime et l'affection de toute la classe.

» Sa mort est un deuil pour toutes ses compagnes ; elle laisse un vide qu'il sera bien difficile de remplir. Je dirais presque que sa perte est aussi grande pour nous que pour vous, Madame, vous qui retrouviez en elle une autre vous-même, puisqu'elle possédait toutes les vertus que vous lui aviez inspirées. Nous, nous perdons un exemple permanent ; car elle aurait été dans le monde ce qu'elle était dans la classe, un modèle de piété et de vertus. Oh! quels regrets d'en être privées si tôt!

» J'espère, Madame, que les sympathies que vous trouvez assurément dans cette douloureuse circonstance seront un baume qui ne cicatrisera pas sans doute la plaie de votre cœur, mais qui, du moins, en adoucira la douleur.

» Agréez, etc.

» N... »

La lettre suivante, écrite par une autre de ses compagnes à la même religieuse, exprime les mêmes sentiments.

« Bien chère Maîtresse,

» Je ne sais si je puis en croire mes yeux. Est-ce bien la mort de Mlle Marie R..., que vous m'annoncez? cette nouvelle me frappe au cœur.

» Hier encore, je relisais sa bonne lettre; je pensais à elle, comme on pense à une chère compagne, et je me disais qu'elle devait être heureuse, puisqu'elle a obtenu tout ce qu'elle désirait : rester auprès de ses parents.

» Hélas! que son adieu subit à la vie a dû vous causer de chagrins, chère Maîtresse? Je donne à sa mort bien des larmes; mais si elle laisse des regrets, le souvenir de sa vie normale a pour moi quelque chose de si frappant, que je ne puis m'empêcher d'envier sa place; car je ne doute pas qu'elle ne soit aujourd'hui au ciel.

» Il n'est donc rien de durable en cette vie! tout passe et nous passons... Si je pouvais du moins, en passant, moi aussi, profiter au mieux de tout ce qui arrive! C'est le conseil pratique que nous donnait chaque jour notre chère compagne.

» Je vous envoie, chère Maîtresse, comme vous le désirez, l'unique lettre qu'elle m'ait écrite, en vous priant de vouloir bien ensuite me la renvoyer ; car j'y tiens beaucoup. Depuis le jour où je l'ai reçue, je pensais beaucoup à elle.

» Je suis heureuse auprès de ma bonne mère. Souvent, presque toujours, nous parlons de vous, chère maîtresse; vous êtes si bonne !

» Maman connaissait déjà Mlle Marie, par tout ce que je lui disais de mes compagnes et d'elle, par sa lettre aussi et tantôt, tandis que je lui annonçais sa mort, elle pleurait comme moi.

» Je ne voudrais pas vous faire attendre ma réponse, et aujourd'hui, chère Maîtresse, je ne vous parlerai pas aussi longtemps que je le voudrais. Puissiez-vous néanmoins retrouver dans le souvenir de celle que nous regrettons les consolations que je ne saurais moi-même vous donner.

» Votre respectueuse élève,

» Suzanne M...

» Nice, 15 octobre 1859. »

Ces témoignages suffisent. On le voit : la mémoire des anges est douce et chère; si elle réveille des regrets, elle invite à la vertu. La piété dans le jeune âge a des charmes si puissants !

Ici finit notre récit. Puisse-t-il être utile à la jeunesse qui le lira ! Puisse-t-il réveiller dans les âmes sensibles et généreuses de nobles émulations ! Puisse surtout cette digne enfant du Sacré-Cœur revivre et se continuer en celles qui, dans les lieux encore parfumés de son souvenir, s'honorent du même titre et reçoivent les mêmes leçons.

Juin, 1861.

Valence. — Typographie Marc Aurel, imprimeur de l'Évêché.

9 782329 101170